그대 내 마음에 넘쳐 날 때

시작시인선 0512 그대 내 마음에 넘쳐 날 때

1판 1쇄 펴낸날 2024년 10월 4일
1판 2쇄 펴낸날 2024년 11월 4일
지은이 이돈권
펴낸이 이재무
기획위원 김춘식, 유성호, 이형권, 임지연, 차성환, 홍용희
책임편집 박예솔
편집디자인 민성돈, 김지웅, 정영아
펴낸곳 (주)천년의시작
등록번호 제301-2012-033호
등록일자 2006년 1월 10일
주소 (03132) 서울시 종로구 삼일대로32길 36 운현신화타워 502호
전화 02-723-8668
팩스 02-723-8630
블로그 blog.naver.com/poemsijak
이메일 poemsijak@hanmail.net

ⓒ이돈권, 2024, printed in Seoul, Korea

ISBN 978-89-6021-782-9 04810
      978-89-6021-069-1 04810(세트)

값 11,000원

그대 내 마음에 넘쳐 날 때

이돈권

천년의
시작

시인의 말

살다 보면 넘쳐 나는 일 많습니다

산길을 걷다 보면
수풀 향으로 버무린
교향곡이 울려 넘칩니다

봄날에는
수수꽃다리와 아카시아 향이
온몸에 흘러 넘칩니다

잎 떨군 늦은 가을 산에 들면
치열하게 한 해 농사 끝낸
수목들의 흐뭇한 안식이

여기저기 넘쳐 납니다

문득 당신이 그리운 날이면
밤새도록 당신이 흘러 넘칩니다

이번 두 번째 시집에서는
넘쳐 흐르는 언어들을 모았습니다

시인의 말을 쓰는데도
울컥, 은혜가 넘쳐 납니다

2024 가을
이돈권

차 례

시인의 말

제1부

제2부

제3부

제1부

제주 돌담 앞에서

꼭 붙어 있는 것이
사랑인 줄 알았습니다
바람 한 점 들지 못하게
껴안는 것이
그대 위한 일인 줄 알았습니다
숭숭 뚫린 제주 돌담 앞에서
그대 숨 막혀 떠난 이유
이제서야 깨닫습니다
백 년을 버텨 온 현무암 돌담 앞에서
빈틈 없었던 나의 집착이 돌 틈 바람결에
한 올 한 올 풀어집니다
물질하는 해녀들 긴 휘파람 소리
넘나드는 곰보빵 돌담 앞에서
백 년 가는 사랑의 방정식을 찾았습니다
이제부터는
햇살도 넘나들고
별빛도 드나들고
태풍도 지나갈 수 있는
돌담이 되겠습니다
분출된 용암 마그마로 내 가슴에

거무튀튀한 구멍을 내겠습니다
그대 내게 스며들 수 있도록
사랑의 바람길을 내겠습니다

오월이면 택배 기사 되고 싶다

오월 되면
꿈꾸는 게 있다
인심 좋고 멋을 아는
사랑의 택배기사 되고 싶다
오월 골짝마다
넘쳐 나는 아카시아향
차곡차곡 담아 그대에게 배달하는
택배 기사 되고 싶다
갓 따 낸 아침 향기 두어 말 포장해서
잠에서 막 깨어난 그대 맡을 수 있도록
부지런한 택배 기사 되고 싶다
나는 오늘도 오월 동산에서
꿀벌 소리 잉잉거리는 여기저기
아까시나무에서
한 스푼 두 스푼 사랑의 향기 따내고 있다

어쩌자고

어쩌자고
나를 물들게 하십니까
설악이나 알록달록 물들이시지
하늘공원 억새풀이나 바람에 물들이시지
순천만이나 노을로 물들이시지

어쩌자고
할 일 많은 나를 부여잡고 물들라 하십니까
계절이 지나도
하늘이 높푸러도
들국화 한들거려도
나 관심 없다고 하지 않았습니까

두 눈 다 감고
두 귀 다 막고
밀려오는 이 가을 겨우 막고 있는데
어쩌자고 대놓고 물들라 하십니까

그렇지 않아도
벌써 마음 밑동은 스멀스멀

붉어지는데

어쩌자고
이 가을 바쁜 나를 물들이지 못해
이렇게도 안달이십니까

Make-up

화장은 Make-up이다.
화장은 지금보다 더
낮게 만드는 일이다.

오랜 시간 화장대에 앉아
얼굴을 놀랍게 변신시키는
화장술을 보라.
눈썹을 붙여 마스카라로
자존심을 세우고
색조 화장과 볼 터치로
세월의 흔적을 지우고
립스틱으로 입술 주름 가리고
향수로 우울을 덮어 버리는
변신술을 보라.

분장한 배우가 되어
웃고 있는 여인을 보라.

화장은 감추어서
저를 돋보이게 하는 일
Make-up이다.

사랑하면

어느 목사님의 젊은 시절 러브 스토리입니다. 교제하던 여자분이 1월 하순경에 백화점엘 들렀는데 그때 당시 유행하던 일스킨* 남자 지갑이 눈에 확 띄었다고 합니다. 요즘 말로 막 썸타던 때라 주고는 싶은데 적당한 명분이 필요했다고 합니다. 그냥 주자니, 여자 쪽에서 더 안달하는 것처럼 보일까 봐 신경이 쓰인 거겠지요. 곰곰이 생각하다 달력을 보니 그날이 마침 음력 12월 25일이었다고 합니다. 옳거니! 음력 크리스마스 선물이라고 주면 되겠다!

주고 싶으면 없던 명절도 만들고 명분도 만듭니다.

시도 때도 없이 주고 싶은 마음
밤도 낮도 없이 보고 싶은 마음
사랑하면 모든 날이 기념일입니다.
모든 날이 축제입니다.

* 일스킨(Eel skin, 뱀장어 가죽).

오늘부터 1일

티브이 연애 프로그램에
오늘부터 1일이라는 자막이 뜨고
남녀 한 쌍이 뜨거운 포옹을 하고 있다
이제는 불 질러도 불붙지 않는 왼쪽 가슴에
갑자기 경운기 모터 소리 들려온다

오늘부터 1일이라는 말
내 갈빗대와 네 갈빗대를 맞춰 보는 말
나는 너의 뼈가 되고
너는 나의 살이 되는지
치수를 재 보기 시작하는 말

오늘부터 1일이라는 말
둘 사이에 초고속 광케이블 깔아 놓고
온종일 너에게 귀 기울인다는 말
시시각각 휴대폰 들여다보며
서로의 마음을 스캔한다는 말

오늘부터 1일이라는 말
비록 시작 이틀 만에 끝난다 해도

한 번쯤 다시 듣고 싶은 말

어린 시절 짝사랑
아득히 생각나게 하는 말

쿵!

식당에서 밥을 기다리는데
건너편 긴 웨이브 머리에 정장 차림의
여인이 때늦은 점심을 먹고 있다
밥 한 숟갈 먹고
쳐다보고
반찬 한 번 먹고 쳐다보다
눈이 부딪쳤다
나쁜 짓 하다 들킨 것처럼
등어리에 땀이 못처럼 솟아 올랐다
일어나 계산대로 가는데
나도 모르게 다시 고개가 돌아갔다
그니도 나를 쳐다보고 있었다
쿵 하는 소리가 가슴을 울렸다

봄날은 간다

캠퍼스 등나무꽃 아래서
보랏빛 향기 물씬한 봄 하늘 아래서
마음에 찍어 둔 여학생 지나가기를 기다린 적 있었지요.
그녀 수강 시간을 체크했다가
무작정 기다린 적 있었습니다.
등나무 보랏빛 향 다 떨어지도록 지나가지 않는 사람
마냥 기다린 적 있었습니다.
행여 옆모습이라도 볼 수 있을까
푸른 봄날을 맘껏 허비한 적 있었습니다.
지금은 어느 하늘 아래
할머니가 되어 있을까요.
그때 자기를 대책 없이 기다리던 곰 같은 남학생이
아직도 그때를 잘근잘근 추억하고 있다는 걸
그녀는 모르겠지요.

비비추

　여름을 좋아하여 장마철 산기슭에 보랏빛으로 태어났습니다. 어느 날 아침 산책길에서 만난 안경 쓴 중년 남자분이 불쑥 내 이름을 물어봅니다. 아침부터 숙녀에게 작업을 거는 것 같아 망설이다 비비추예요 라고 퉁명스럽게 말해 주었습니다. 그랬더니, 프랑스 출신이냐고 물어봅니다. 덧붙여 비비안 리와 같은 집안이냐고 묻습니다. 어이없어하는 나에게 그분은 너의 이름에서 왠지 유럽 귀족 느낌이 나서 그래, 하며 환한 얼굴로 엄지를 치켜세워 줍니다.

　그분이 떠난 뒤 나는 내 이름을 곰곰이 돌이켜 보았습니다. 새순이 나올 때 비비 꼬여서 돋아난다고 비비를 붙이고 나물이라는 뜻의 추를 더하여 비비추라고 붙여진 한글 이름, 촌스러운 이름이라고 늘 부모님께 불평하던 나에게 그분은 처음으로 내 이름이 우아하다는 것을 깨우쳐 주었습니다. 내일 아침 그분이 오면 영롱한 이슬로 몸단장하고 보랏빛 미소 한 아름 안겨 드려야겠습니다.

모과꽃

어물전 망신은 꼴뚜기가 시키고
과일전 망신은 모과가 시킨다는 옛말은
모과꽃을 잘 모르는 사람들 말이다
연분홍 모과꽃 앞에서
함부로 나불거릴 말이 아니다
바라만 봐도 선해지는 착한 눈빛 앞에서
아무렇게나 씨부렁거릴 일이 아니다
시작이 좋으면 다 좋은 거지
세파에 시달려 얼굴 좀 울퉁불퉁해졌다고
그 순한 눈빛 어디 갔겠는가
외모만 번드르르하고 속은 가시 돋친
너랑 같겠는가
장롱 위에 얹어 놔도
차 뒷좌석에 던져 놔도
온통 주변을 향기 천국으로 만들고야 마는
모과를 어디 화장발만 번지르르한
너랑 비교한단 말인가
과일전 망신은 모과가 시킨다는 말
이제는 옛말이 되어야 하겠네

나를 붙잡는 것들

아침마다 성북천을 걷는데
여기저기 붙잡는 것들이 많다

막 벙글어지는 장미가
물가를 요염하게 점령한 꽃양귀비가
아침을 노랗게 적시는 꽃창포가
엄마 오리와 종종종 아기 오리들이
눈길을 붙잡고

뽕나무에서 소프라노로 노래하는 새소리가
새벽에 푸른 길을 내는 물소리가
청계천 풀잎 스치는 바람 소리가
귓가를 붙잡고

은밀히 풍겨 오는 쥐똥나무 살 내음이
산들바람에 실려 오는 아카시아꽃 향이
나무들이 토해 내는 오월의 피톤치드가
내 콧속을 간지른다

아침 산책길마다

이리저리 붙잡혀 출근 시간 늦어지지만
내일은 또 누가 날 붙잡아 줄까
은근히 기다려진다

프렌치 키스

두 개의 혀가 대화를 나누는 일
너에게로 가는 닫힌 문 여는 일
온몸에 불 화르륵 붙어 오는 일
36.5도를 순간 2도쯤 올려 보는 일
너와 내가 뒤엉켜 서로를 핥아 먹는 일
콧구멍 숨구멍 막혀도 더 막히고 싶은 일
두 개의 심장이 한꺼번에 쿵쾅거리는 일
뼈 마디마디를 오글오글 녹여 주는 일
모세혈관까지 푸르게 물결치는 일
주변은 텅 비고 너와 나만 존재하는 일

봄은 소리로 온다

졸졸졸
개울 눈뜨는 소리
뚝뚝뚝
처마에서 고드름 눈물짓는 소리
쌔액쌔액
토방 강아지 봄볕에 늘어진 소리
사르륵사르륵
앞마당 목련 꽃망울 벙그는 소리
두근두근
강 건너 큰애기 가슴 부푸는 소리

후리다

섬진강 매화 향 콧등을 후리고

서리풀 딱따구리 귓등을 후리고

성북천 영춘화 눈등을 후리고

해남의 매생잇국 입안을 후리고

동망산 봄바람 얼굴을 후리고

환한 햇살

겨우내 닫혔던 마음을 후린다

햇귤

제주에서 햇귤이 왔다
해풍에 그을린 해녀같이
까무잡잡한 귤이 왔다
짭짤한 파도 소리
성산포 해 뜨는 소리
백록담 무서리 내리는 소리
우련히 들려오겠다

선운사 꽃무릇

고창에 있는 것이 수박뿐이더냐
고창의 이름 있는 것이 복분자뿐이더냐
고창을 빛내는 것이 풍천장어뿐이더냐
고창을 기억하게 하는 것이 어디
《삼시세끼》 방송뿐이더냐

여름 지나 가을 어귀에
핏빛으로 토해 내는 선운사의
꽃무릇을 보기 전에는
고창을 안다고 말하지 말자
그리움에 사무쳐
각혈하는 저 핏덩어리 보기 전에는
우리 어디 가서 고창을 안다고
아는 체하지 말자

훔치다

비 내리는 청계천
왜가리는 버들치를 훔치고
노랑꽃창포는 눈길을 훔치고
박새 소리는 귓가를 훔치고
시계탑 초침은 시간을 훔치고
알록달록 우산들은 유년을 훔치고
우산 속 청춘들은 봄날을 훔치고
빗소리 타고 내려온 한 얼굴
마음을 몰래 훔치고 있다

구절초

구월에는
구절초가 되리라

오월 단오에 다섯 마디 되고
구월 구 일에 아홉 마디 되는 구절초

폭염과 폭우 맑게 빚어내어
아홉 마디 마디마다
구절구절 하늘빛 채워 넣는 구절초

나 구월에는
구절초 되리라

소란 잦아든 들과 산에
하얀 등불 켜 든 그리움 되리라
얼굴에 노란 입술 바르고
구월의 진한 향기 전하리라

처서를 지나며

아침 산길
매미 소리에 힘이 없다

갑자기 까치 한 마리
앞 나무 매미를 덮친다

매에맴
매 에 에 엠
매 ~

뚝

순간 정적이 흐른다
여름이 마지막 숨을 거둔다

언뜻 한 줄기 바람이 일고
도토리 한 알

툭

떨어진다

가을비

비 내리는 늦은 밤

창문에 사선으로 근심 들이치는 밤

불쑥 얼굴 하나

방 안으로 들어와

나와 함께 날밤을 새운다

대한

저녁 모임을 끝내고
종로5가에서 전철을 타는데
찬바람이 휙 따라와 옆자리에 자릴 잡는다
감히 여기가 어디라고 들어오냐 했더니
달력을 보라며 핀잔을 준다
늦은 시간 대한을 데리고 전철을 탄다
자리마다 추위들이 꾸벅꾸벅 졸고 있다

제2부

흘리다

나이가 들면서
흘리는 일 많아진다
젓가락질하다가 반찬 흘리는 일 잦아지고
새벽녘 변기에 소피 흘려
아내에게 지청구 듣는 일 많아진다
뻔한 스토리의 드라마 보다가
눈물 흘리는 일 빈번해지고
고향 형이랑 통화하다가
어린 시절 추억으로 눈물 콧물까지
흘리는 일 늘어난다
흘린다는 것은
꽉 막힌 나를 풀어 주는 것
마음에 바람의 길을 내는 것
가문 날 물동이에서 흘린 물이
길가 풀들 싱싱하게 키워 내듯
흘린다는 것은
때때로 누군가를 위해 베푼다는 것
나만 알았던 나를 덜어 낸다는 것
네가 내 마음에 넘쳐 날 때
밤새 너를 흘리곤 한다

추억을 산다

매주 일요일 집 앞 골목길에서
뻥튀기를 산다
이 골목길에서 장사한 지 서른 해가 넘었다는
덥수룩한 수염의 뻥튀기 아저씨한테서
어린 시절을 산다

집에 들고 올 때마다 한 소리씩 듣는다
잘 먹지도 않는 길표 식품을 왜 사 오느냐고
지난 주 것도 아직 남았는데 또 사 오느냐고

배고팠던 시절, 한 달에 한 번 시골 동네에
뻥튀기 아저씨가 뻥, 하고 대포를 터트려 주면
은구슬 같은 알갱이들 쏟아져 내려와
온 동네를 고소한 행복으로 들뜨게 하던 뻥튀기

아이들 배고픔 일시에 잊게 해 준 마법의 알맹이들
나는 오늘도 뻥튀기를 산다
혹시 저 뻥튀기 아저씨가 이 동네는 장사
안 된다며 딴 곳으로 옮겨 갈까 봐
한 봉지 두 봉지 추억을 산다

시인의 새벽

푹 자고 난 새벽

시인의 마음밭엔

갓 태어난 언어들로 분주하다

봄비 맞은 새싹처럼

시상들 삐죽삐죽 솟아오른다

단잠 자고 난 시인의 새벽은

불뚝불뚝 시어들 발기한다

사전 장례식

사전 투표하러 가다가
장례식도 사전에 했으면 좋겠다는
어느 시인의 우스갯소리가 떠올랐다
살 만큼 살다 병 찾아오면
살가운 인연들에게 부고장 돌려
찾아온 문상객마다 손 부여잡고
고마웠던 일에 감사하고
서운했던 일 풀어 버리고
뜨겁게 포옹도 하며 서로를 축복해 주는
사전 장례식

그 말 곰곰 다시 새기니
참 그럴듯하다
그래, 나도 사전 장례식 치러야겠다
죽기 전 조의금 미리 받아
어려운 이들에게 나눠 주고
못난 남편 만나 뒤웅박 팔자로 사는
아내에게 봉투도 안겨야겠다
오지 못한 지인들에겐
성황리에 식 잘 마쳤다고 인사 전하고

생 붉게 물들이며
넉넉하게 저물어 가야겠다

똥 주머니

저녁 산책길에 복덕이를 데리고 나섭니다.
밖을 나서면 습관처럼 일을 보는 복덕이
눈 내린 성북천 냇가에서 행여 털옷에
묻을세라 야무지게 뒷다리를 오므리고
모락모락 노란 근심을 출산하는 복덕이.
말랑말랑하고 따뜻한 덩어리를 얼른 봉지에 담아
주머니에 넣습니다.
깜박 잊고 다음 날 보니, 주머니에 꾸덕꾸덕 마른
덩어리가 포근히 잠들어 있습니다.
똥을 장롱에 재웠네! 중얼거리다가
내 배 속에는 더 큰 똥통이 들어 있음을 알았습니다.
먹고 마시는 일이
똥 주머니를 채우는 일임을 알았습니다.

고자질

뷔페식당에서 점심을 먹고 있는데
쭈뼛쭈뼛 눈치 보며 들어온 청년
식대도 내지 않고 쫓기듯 음식 담더니
구석에 앉아 허겁지겁 밥을 먹는다.
오늘의 특선 제육볶음도
모락모락 김 나는 미역국도 없이
소찬들로 배를 채우고
비운 접시를 던지듯 밀어 놓고
쏜살같이 나간다.
망설이다가 주인 할아버지께
저 청년 밥값 안 내고 먹었다고
고자질했더니
내비 둬유 어쩌겠어유
굶주린 젊은이가 밥 한술 뜨자는데
그걸 어찌 막나유
요즘 들어 그런 일 부쩍 잦네유
할아버지 말을 듣고 내 얼굴 죄지은 듯
화끈 달아오른다

4월 16일

꽃봉오리는 졌으나
우리 마음에는 여전히 지지 않는 꽃
푸른 새싹 꺾였으나
우리 가슴에는 늘 푸른 싹
눈 감아도 아른거리는 얼굴들
세월이 흘러도
긴 고동 울리는 세월호
절로 옷깃 여미는
사월 십육 일 아침입니다

카 프리

타던 차를 처분했다.
차가 없으니 무뚝뚝했던 골목들 다가와
이야기를 건넨다.
길가 목련은 봄으로 부푼 인사를 하고
한강의 윤슬들 찬란한 군무를 펼친다.
운전대를 놓으니 세상이 넓고 자유롭다.
꽉 막힌 퇴근길 도로도 풍경이 되고
자동차 보험료 인상에도
전쟁이 끌어올린 기름값에도
속도위반 범칙금에도 자유롭다.
Car-free
차가 없으니
걸을 때마다 생각에 근육이 붙는다.
헝클어졌던 마음의 실타래 풀려나가고
옥죄어 오던 시간의 굴레들
하나둘 벗겨지고 있다.

갓

갓 쪄 낸 찐빵
갓 볶아 낸 커피향
갓 구워 낸 고구마
갓 불어온 산바람
갓 피어난 장미꽃

갓은 따끈하다
갓은 향기롭다
갓은 구수하다
갓은 싱그럽다
갓은 아찔하다

네가 내게 올 때도 그랬다

갑자기 구제품이 되어

동묘앞역 전철 화장실에 들어서는데, 누군가 어르신 하고 부른다. 다른 사람을 부르는 거겠지 하고 일 보는데 또 어르신 하고 부른다. 혹시나? 하며 돌아보니 귀때기 파란 청년이 겸연쩍게 나를 쳐다보고 있다. 황당해하는 내게 청년은 불쑥 머리 들이밀며 뒤통수에 새똥 묻었는지 봐 달라고 한다.

없다고 말하자 청년은 연신 땅을 찍는 비둘기처럼 고갤 꾸벅거리더니 횡하니 나가 버린다. 동묘앞역 비둘기는 무슨 심술로 저 청년 뒤통수를 똥으로 가격해 사람의 나이도 못 알아보게 했단 말인가?

졸지에 어르신이 되어 버린 나는 동묘앞역을 빠져나와 동묘 구제시장 한가운데 서서 갑자기 구제품이 되어 버린 나의 생을 한동안 멍하니 전시하고 서 있었다.

울컥이라는 병

울컥이라는 병이 다시 도졌다. 주차 때문에 입바른 소리를 해 댔다. 말하기 전 세 번을 생각하자고 다짐했지만, 아직도 철이 들기엔 멀었나 보다. 아닌 것을 보면 입은 겨우 참지만 얼굴이 울그락불그락 큰 소리 낸다. 다혈질은 광산 김씨 할머니의 불 같은 핏줄.

벌컥 내뱉어 놓고는 소심해져서 자책한다. 나이를 생각하자고.
공자는 육십을 이순이라 했는데 내 귀는 아직도 거칠기만 하다.

숙이다

매주 모임을 안내하면서
머리 숙여 인사한다.
숙인다는 건 나를 낮추는 일
익을수록 숙이는 벼처럼
마음도 덩달아 숙여진다.

오늘도 하늘 앞에 고개 숙이고
바람 앞에 숙이고
소나무 앞에 숙이고
아는 사람 앞에 먼저 머리 숙인다.

척

살다 보면
척해야 할 때가 있다

반가운 척
안 그러는 척

척이라도 하지 않으면
살 수 없는 세상

척은 얼마나 든든한 위장막인가

유통기한

봄맞이 대청소를 하는데 유통기한 지난 믹스커피 한 박스 나온다. 밖에 놔두니 나이 드신 분이 버릴 거면 달라고 한다. 유통기한 지난 몸이라 뭘 먹어도 괜찮다고 허허 웃는다.

내 유통기한은 얼마나 남았을까.

세탁기

세탁기가 투덜거린다
오후 늦게 잠깐 입었던 셔츠를
저녁에 습관처럼 툭 벗어 던졌더니
자갈길 경운기 달리듯 덜덜덜 골을 낸다
왜 그러냐 했더니 해도 해도 너무한단다
요즘 세상에 빨 게 얼마나 많은데
사무실에서 두 세 시간 가만히 입다 온
옷을 던져 넣으면 어쩌란 말이냐 한다
진흙 정치판은 누가 빨 것이며
봄철 밀려오는 미세먼지는 누가 빨 것이며
저 시커먼 사내들 속내들은
누가 세탁할 거냐고 하소연한다
물 부족한 이 나라에서
왜 그리 철이 없냐고 덜덜덜 성을 낸다

휘다

콧속 비중격이 휘었다고 한다.
싸운 적도 없고 부딪힌 적도 없었는데
콧속을 나누는 막이 휘었다니
시티 촬영을 하는데
지난 세월이 파노라마처럼 스쳐 간다.
휘어진 게 어디 콧속 칸막이뿐이랴.
어깨도 휘고
척추도 휘고
손가락도 휘고
발가락도 무지외반증으로 휘고
남자의 자존심도 휘었다.
갑자기 깊은 곳에서 탄식이 올라온다.
몸만 휘어진 줄 알았냐고
불의를 보면 참지 못하던 눈빛도
좋은 게 좋다는 타협으로 휘어지고
불굴의 정신도 주변의 어르는 말에 휘어지고
대쪽 같았던 이념도 이런저런 사정으로 휘어졌다.

무지외반증[*]

그동안 발에 너무 무심했다
무거운 세월을 버티면서
얼마나 나를 탓했을까
걸핏하면 길바닥 깡통이나 돌을
걷어차며 울분 풀었던
나를 얼마나 원망했을까
가지 말아야 할 곳
몇 푼의 돈을 위해
비굴한 발걸음 재촉했던 것
얼마나 부끄러워했을까
오늘 저녁 툭 튀어나온 엄지발가락 만지면서
휘어진 내 생을 주무른다

* 무지외반증: 엄지발가락이 둘째 발가락 쪽으로 휘는 증상.

빨래가 되고 싶다

볕 좋은 날
옥상에 빨래를 넌다.

땀 냄새 가득한 러닝셔츠와
색 바랜 남방과
먼지 쓸다 온 바지와
기념 행사 글자가 박힌 수건들을
빨랫줄에 넌다.

빨래를 널 때마다
빨래가 되고 싶다.
아내한테 한 소리 들어
축축해진 마음 말리고 싶다.

볕 좋은 날이면
빨래가 되고 싶다.
아무 생각 없이 맘껏 펄럭이고 싶다.

한참을 읽는다

산책로 계단 좁은 틈에 애기똥풀 피었다
엊그제 겨우 고갤 내밀더니
환한 꽃잎 피웠다

애기똥풀 앞에 쭈그리고 앉는다
노란 경전,
한참을 읽는다

평생의 버릇

주역 하는 친구가
내 사주에 나무의 기운이 흙 기운을 눌러
조화를 이룰 거라 하네
그래서일까, 내 이름자 權에도 木이 앞에 서 있고
오얏 李에도 木이 지붕을 이루고 있네
木과 木이 만나 숲을 이뤄
푸른 바람 일렁이고 있었네
조부께서는 당신의 손자가
권력 누리며 살라고
이름 석 자 작명하였으나
권력 대신 자연을 살고 있네
나무에 이끌리어 조석으로
산에 드는 일이 평생의 버릇이 되었네

좌파와 우파

선조 중에 좌의정을 지낸 분이 있고
주방에서 칼질할 때 왼손을 쓰고
길 가다가 깡통을 왼발로 차고
윙크할 때 왼쪽 눈을 찡긋하고
서울 내사산 중 좌청룡 낙산을
우백호 인왕산보다 더 좋아하니
나는 좌파다

젓가락질을 오른손으로 하고
오른발 구두 굽이 왼쪽보다 먼저 닳고
오른쪽 귀가 왼쪽 귀보다 더 잘생겼고
어머니 성씨가 충북 단양 우씨이고
눈이 오른쪽에 몰려 있는 가자미를
왼쪽에 있는 넙치보다 더 좋아하니
난 우파다

운전하면서
좌회전할 때는 좌파가 되고
우회전할 때는 우파가 된다
오른손 손톱은 왼손이 깎아 주고

왼손 손톱은 오른손이 깎아 주니
나는 좌파며 우파다

오늘도 좌로 갔다 우로 갔다
나는 만능 스위치히터다

제3부

거룩한 정답

불볕 복더위 속에서
가족끼리 점심을 먹는데
막내가 불쑥 질문을 던진다
만약 일 년 내내 영하 40도인 곳과
영상 40도인 곳 중 한 군데서 살아야 한다면
어디서 살겠어요?
큰애는 난 더운 거 싫어, 영하 40도
난 한참을 생각하다가
추운 거 싫어하니까 영상 40도에서 살래
그럼, 엄마는?
그러자 아내는 망설임도 없이
영상 40도란다
아이가 왜? 하고 물으니까
아빠가 거기서 사니까
순간 나는 말문이 막혔다
몸 안쪽에서 울컥 한 덩어리 감정이 올라왔다
아내가 먼저 말하고
내가 나중에 답했더라면
난 정답을
맞히지 못했을 것이다

여자 친구

친구라는 제목의 시를 써서
한번 보라고 주자
읽어 보던 아내가 갑자기
자기는 진짜 친구가 있어?
묻는다
응 있지
누구야?
나는 순간 목소리를 낮추며
있긴 한데…… 말해도 될까?
여자 친구거든
아내의 얼굴에 긴장감이 돈다
오해 안 할 거지?
그래, 안 할게
이제 제법 심각한 표정이다
진짜 괜찮은 거지?
그렇다니까
누구냐면, 음……
오, 금, 순이야
일순간 아내의 얼굴에 서렸던

긴장의 줄이 툭 끊어지며
파안대소가 난무한다

친정

아내에게는 친정이 여럿 있다

고랭지 야채와 산나물을
서늘한 산기운에 싸서 부쳐 주는
대관령 사돈댁 친정이 있고

뻘 꼬막과 세발낙지를
해풍에 둘둘 말아 보내 주는
고흥 권사님 댁 친정이 있고

다산이 즐겨 먹었다는 감자와
영랑 생가 모란꽃 같은 붉은 양파를
해마다 보내 주는 강진 사촌 언니 친정이 있다

친정은 개포동에 있는데
새로 늘어난 친정들 손길이
철마다 명절마다 바리바리 도착한다

각지 친정들이 보내온 것을
연로하신 친정어머니께 갖다 드리면

\>

야야, 때마다 뭘 이렇게 챙겨 오노

우리 친정집은 바로 니데이

하며 환하게 웃으신다

곁

출근길 길가에
점박이 고양이 졸고 있다
나비야, 부르니 뒷걸음쳐 숨는다
어느 날 한 움큼 사료를 주었더니
조심스럽게 다가온다
며칠 동안 먹이를 주자
다가와 야옹거린다
비로소 곁을 내준다

곁을 준다는 것은
믿는다는 것이다
어릴 적 곁을 내주던
엄미처럼 든든한 말이다

사업이 부도나 모두가 떠났을 때
곁을 지켜 준 한 사람이 있었다
그를 위해 그의 곁이 되고 싶다

라인

예능 프로 개그맨들이
누구는 누구 라인이고
누구는 무슨 라인이라고 한다

주방에서 일하는 아내에게
당신은 무슨 라인이야 했더니
돈라인이라고 한다

돈라인이라면, 내 라인?
고맙다고 했더니
멀뚱한 표정으로 나를 본다

당신 이름자로 착각했나 봐
머니 머니 해도 돈줄이 제일 좋잖아
하고 한바탕 뻥튀기 웃음을 터트린다

봄날

도다리도 좋고

쑥도 좋은데

벌써 군침 도는데

당신이 끓여 주시겠다니요

아내

'진한 색 물병은 그라비올라
연한 색 물병은 캄보디아 상황버섯'

아침 출근길에
아내가 가방을 들려 준다.
카톡을 열어 보니
문자가 말갛게 웃고 있다.
언제 두 가지 물을 우려냈을까?
마음이 찡하다.

아내는
내 안에 있어
아내이다.

시인 아내

아내가 급히 대야를 가져오라 한다
어디 쓰려고 그러느냐 하니
그냥 가져오라고 한다
부리나케 고무다라를 챙겨 왔더니,
쏟아져 내리는 봄 햇살
어서 퍼 담자 한다
어이 없어 타이어 실빵구 터지는
소리로 피식 웃어 줬더니
속았지? 하며
손뼉 치며 깔깔 웃어 제낀다
내 아내 시인이 다 되었네

아내 2

구월 초하루

소나무 아래 맥문동을 본다

폭염에 끄떡없고

폭우에 더욱 푸르러진

불볕 다잡아

보랏빛 향기 뽑아 내는

사랑꾼을 본다

염색을 하며

머리에 검은 물을 들인다.
하얀 머리칼이 부러웠던 어린 시절,
긴 수염까지 은빛으로 빛났던 할아버지는
지혜의 표상이었다.
나도 흰머리 돋아나는 나이 되면
현자가 되어 있겠지 생각했다.
한 올 두 올 새치를 지나
흰 머리칼 온 머리를 뒤덮어도
어릴 적 꿈꾸던 안목이 생겨나지 않아
차라리 머리를 검게 물들이기로 했다.

열대야와 나락

징허게 더워 불어 숨이 탁탁 막혀 부러
잠 못 드는 밤이 길어질수록
우리 고향 논배미 나락들은
통통허게 익어 가겠지

맨날 뙤약볕 논밭에서 피땀 흘리는
우리 성님 떠올리면
요따위 열대야쯤 머시 힘들것는가

더위에 지쳐 짜증 날 때마다 고향 떠올려
열대야쯤 암시랑도 않게
이겨 불어야제

하지감자

감자된장국을 끓인다.
쌀뜨물 받아 된장을 풀고
햇감자 듬성듬성 썰어 넣고
똥 뺀 멸치 집어넣어 자글자글 끓인다.

하지 때면
하지감자 떠오르고
엄니 생각 고향 생각
넝쿨처럼 주렁주렁 딸려 온다.

지금은 고향에 가도
맛볼 수 없는 감자,
꿈속에서나 맛볼 수 있는
하지감자.

동지팥죽

동지에 팥죽이 끓는다

생솔가지 연기에

엄니 눈물이 흐른다

새알이 끓는다

엄니는 팥죽을 끓인다

지나가는 시외버스 소리에

방학 맞아 서울로 공부하러 간

큰아들 오는가

엄니의 조바심이 끓는다

동지가 엄니를 끓인다

명란젓

밥상에 명란젓이 올라왔다
참기름 한 방울 톡 떨어트리면
고소함이 여린 비린내를 휘감던 명란젓
잇몸으로 오물오물 밥 한 공기 뚝딱 해치우던
엄니의 엄니, 외할머니가
이 없이도 즐겨 드시던 명란젓
그 엄니 따라 엄니도 즐겨 드시던 명란젓
입맛 없을 때 생각나던 엄니표 명란젓
명란젓 한 숟갈에 밥 한술 뜨는데
왈칵, 외할머니 목소리,
엄니 생각 짭짤하다

설날 아침

설날 아침 떡국을 먹습니다.
고향 아닌 객지에서 설날을 먹습니다.
떡국 속에 고향이 떠오릅니다.
아버지 돌아가시니
옛 추억들 하나둘 부서지고
어머니 선산에 묻고 나니
고향이 바람처럼 사라졌습니다.
그래도 고향의 끈
바투 잡고 사는데
작년에 하늘로 떠난 형이
그마저 데리고 가 버렸습니다.
떡국을 먹어도 맛이 없고
헛헛해져 빈 배만 불러 오는
나는 이제 실향민입니다.

이순

섣달 그믐에는
휴대폰을 정리합니다.
이제는 들을 수 없는
목소리를 지웁니다.
외삼촌을 지우고
두 살 위 형을 지웁니다.
아직도 환히 웃고 있는
얼굴들을 지웁니다.
나이 들어 갈수록 지워야 할
번호들 늘어 갑니다.
지우고 지우고 또 지우지만
목소리 여전히 들려오고
웃는 얼굴 더욱 생생합니다.

삼삼한 얼굴

처음 만난 분이 내 명함을 보더니
전화번호가 삼삼하다고 한다
전화번호에 3자가 4개나 들어 있어서 그렇단다
내 얼굴도 전화번호 닮아 삼삼한 얼굴이라 해서
서로 한참을 웃었다
삼삼한 얼굴은 어떤 얼굴일까?
평범하면서도 끌리는 얼굴일까
한번 보면 나중에도 잊히지 않는 또렷한 얼굴일까
아, 알겠네
삼삼한 얼굴
나에게 자분자분 말하던,
주름 사이로 날 환하게 반겨주던,
생생한,
삼삼한,
엄니 얼굴

술빵과 엄니

정안 차령휴게소에서
술빵을 먹었다.
울컥 옛날이 소환되었다.
나하고 열네 살 차이 나는
막냇동생을 가지신 엄니가
월말고사 치른다고 고생한 나 주려고
만삭의 몸으로 술빵을 만들어 놓고 기다리셨다.
시험을 망치고 온 중학생 나는
술빵을 한 입 베어물다 울컥 눈물을 쏟았다.
1등 한다고 큰소리쳤던 나,
시험을 망쳐 엄니에게 면목이 없었던 나였지만
술빵은 왜 그리 대책 없이 맛있던지.

지금도 나는 술빵을 그냥 지나치지 못한다.
차령휴게소에서 추억을 삼키며
오랫만에 엄니를 다시 만난다.

화목일

이 동네로 이사 온 건 잘한 것 같아
이곳저곳 현수막과 안내판에
화목을 강조하고 있네
구청에서 쓰레기 배출 요일을 정해 놓고
한 주에 3번 화, 목, 일에는 화목하라고 하네
요일을 어기면 법으로 과태료 먹이겠다는 거야

그런데 묘해
하루에도 몇 번씩 화목일, 화목일 마주하다 보니
내 마음에 알토란 같은 화목의 싹이 돋아나는 거야
얼었던 겨울 강 풀리듯 분노가 엷어지는 거야

전에 살던 동네는 월수금이었어
일수 찍듯 매월 월수 찍으라는 건지
월요일마다 빌려준 돈 수금하러 오겠다는 건지
수금, 수금해서 그런지 분위기 싸늘했었어

이 동네에 살다 보니
화목이 나를 순하게 하네
화목이 마음에 뿌리 내려 점점 푸르러지네

제4부

권리금

청량리 역전 차차차 마담이 걸걸한 목소리로
전화를 걸어 다방을 빼 달라 한다.
한때 권리금 1억 준다 해도 꿈쩍도 하지 않던
다방을 단돈 3천만 원에 팔아 달라고 한다.
주간에 커피, 야간에 맥주와 양주를 팔던 곳
짙은 눈웃음과 담배 연기와 음담패설의 세월이 만든 권리금.
미스 김 미스 윤도 떠나고 백구두 황 영감도
더 이상 찾지 않는 청량리역 앞 2층 다방.

문득 내 몸의 권리금은 얼마나 될지 궁금해진다.
환갑도 지난 내 몸값 얼마나 쳐 줄까.
한때는 차려입고 나가면 거리의 눈길도 끌었고
막힘없는 언변으로 영업통이라는 칭찬도 들었는데
재개발 강의 때는 수십 명이 열광하기도 했는데
청량리 역전 다방처럼
이제는 반 토막도 안 될 것 같은 나의 권리금.

지치고 갈라진 마담의 목소리가 내 생의
퇴역 시기를 돌아보라고 재촉한다.

나쁜 집은 없다

낙산 꼭대기 무허가 건물 방 한 칸
전세 칠백에 계약했다.
겨울이면 황소바람 드나들고
공동으로 쓰는 화장실과
샤워 시설도 없는 집
누가 들어올까 싶어
인터넷 광고도 하지 않고 내팽개쳐 놓았는데
늙수그레한 사내가 싼 방 찾길래
보여 줬더니 계약하자고 한다
산꼭대기라 바람도 잘 통하고
햇볕은 종일 넘쳐나고
공원 전체를 정원으로 삼을 수 있으니
이보다 더 좋은 집이 어디 있겠느냐 한다.
어떤 집이든 임자는 있다.

비오톱[*]

고객이 비오톱 1등급을 팔아 달라고 한다
도롱뇽 살고 있다는 부암동 백사실 계곡의
비오톱을 처분해 달라고 한다
일급 보호 구역이라
돌멩이 하나
풀 한 포기
흙 한 줌 건드려도
안 된다는 절대 보호구역
비오톱의 운명이 왜 남일 같지 않을까?
돌아보니 나에게도 그런 땅 있었네
한 발 내디딜 수 없고
마음도 쉽게 건넬 수 없었던
너라는 땅
혼자서만 끙끙 앓았던 땅

* 비오톱: 특정 식물이나 동물 등이 서식하기 위해 필요한 생태 공간
또는 서식지.

베드로의 통곡 소리

베드로는
주님을 세 번 부인했지만
나는 매일 주님을 부인하네
돈 좇다 부인하고
권력에 아부하다 부인하네

베드로는
주님을 세 번 부인하고
닭 울자 통곡했지만
나는 매일 닭 울어도
귀가 막혀 듣지 못하고
눈물 말라 울지 못하네

베드로는
주님을 부인했지만
주님을 위해 순교했네
나는 오늘도
닭 울음소리 듣지 못하고
베드로 통곡 소리 듣지 못하네

오늘도 주님은

오늘도 주님은 바쁘시다
김 집사 이 권사 박 장로 청탁으로
하루 종일 분주하시네

오늘도 주님은 외로우시다
자녀들과 오손도손 얘기하고 싶은데
앉았다 하면 이것저것 달라고 떼를 쓰네

오늘도 주님은 심란하시다
주의 종이라 하면서
자기들의 종으로 부리고 있네

도시의 성탄

도시의 성탄은
백화점 트리에서 시작된다.

찬란한 불 밝히고
신세계가 열린다.

도시의 성탄은 해마다
더 화려해져
말구유는 희미하게 잊히고
명품들만
오색 불빛으로 번쩍거린다.

기도문

기도는 말로 하는 게 아니다

기도는 하늘 문을 여는 일,

말만 빛난 번드르한 기도문들이

하늘에 닿지 못하고

일요일이면

여기저기

말의 연쇄를 풀고

땅에 떨어져 뒹굴고 있다

공친 날

손님이 그대를 속일지라도
슬퍼하거나 노여워하지 말라
그 손님 가고 나면
다른 손님 오리니
손님이란 그런 것

다른 중개사가 물건을 가로채 가더라도
노하거나 서러워하지 말라
성실하게 기다리다 보면
더 좋은 물건,
더 큰 계약
쓰게 되는 날 오리니

집값 뚝뚝 떨어진다고
슬퍼하거나 노하지 말라
언젠가 집값 다시 오를 날 있으리니

해 설

후리고 훔치는 것들의 아름다움
—이돈권 시집 『그대 내 마음에 넘쳐 날 때』 읽기

오민석(문학평론가, 단국대 명예교수)

1

이돈권 시의 밭은 생동하는 일상이다. 일상은 누구에게
나 있지만 다른 주체들에 의해 다르게 운영된다. 누군가의
일상은 권력과 자본으로 굴러가고, 누군가의 일상은 허영
으로 움직이며, 또 다른 누군가의 일상은 뼈아픈 인내로 가
동된다. 또한 한 주체의 일상은 고정된 점이 아니다. 그것
은 다른 일상과의 우발적인 마주침 속에서 변화하며 움직
이는 토포스이다. 일상은 다른 일상과 만나 자신만의 고유
한 무늬들을 형성한다. 일상은 살아 있는 생명체처럼 늘 움
직인다. 일상은 완성되는 것이 아니라 '～되기'의 과정에 있
는 복합체이다. 그것은 내적으로 다양한 욕동(drive)에 의해
움직이며 외적인 자극들에 대응한다. 이 지점에서 이돈권

은 정지된 그림이 아니라 움직이는 대상에 주목한다. 날렵한 고양이처럼 그는 움직이는 대상에 그것보다 더 빠른 시의 촉수를 들이댄다. 그의 수염은 바람의 떨림을 감지하고, 그의 발톱은 일상의 동선을 낚아챈다.

> 비 내리는 청계천
> 왜가리는 버들치를 훔치고
> 노랑꽃창포는 눈길을 훔치고
> 박새 소리는 귓가를 훔치고
> 시계탑 초침은 시간을 훔치고
> 알록달록 우산들은 유년을 훔치고
> 우산 속 청춘들은 봄날을 훔치고
> 빗소리 타고 내려온 한 얼굴
> 마음을 몰래 훔치고 있다
>
> —「훔치다」 전문

이돈권이 바라보는 세계는 상태나 속성이 아니라 움직임으로 가득 차 있다. 그리고 그 모든 움직임을 주관하는 것은 인간만이 아니다. 그의 시는 인간의 주관성(subjectivity)을 세계의 중심에 놓는 서정시의 일반 문법을 따르지 않는다. 그가 볼 때, 세계는 인간의 주관성이 규정하고 지배하고 전유할 수 있는 대상이 아니다. 브뤼노 라투르(B. Latour)의 용어를 빌려 말하면, 그의 시에선 인간만이 아니라 물질과 동식물 같은 비인간(non-human) 존재들도 각기 고유한 '행위능력(agency)'을 가지고 있는 '행위자(actor)'이다. 시인에게 세계는 인간 중심의 위계가 아니라 인간과 비인간으로 구성된 거대한 '행위자-연결망(actor-network)' 자체이다. 타자의 무언가를 훔쳐서 자신의 일부로 삼는 것은 인간만의 능력이 아니다. "왜가리는 버들치를 훔치고/ 노랑꽃창포는 눈길을 훔치고/ 박새 소리는 귓가를 훔치고", 심지어 물질인 "시계탑 초침은/ 시간을 훔"친다. 타자를 훔치면서 주체는 다른 주체를 번역하고, 그것과의 관계 속으로 진입하며, 혼종체(hybrid)가 된다. 그의 세계에서 왜가리엔 버들치가 섞여 있고, 우산들엔 유년이 스며 있으며, 내 마음엔 "한 얼굴"이 들어와 있다. 그의 세계에서 모든 것은 훔칠 뿐만 아니라 훔침을 당하기도 한다. 그에게 사물을 포함한 모든 주체는 이렇게 행위능력을 가지고 움직이는 행위자들이며, 이 행위자들은 접속과 이접의 거대한 연결망을 이룬다. 그의 세계는 이렇게 타자에게 스며들고 넘쳐 나는 동사들로 가득 차 있다.

섬진강 매화 향 콧등을 후리고

서리풀 딱따구리 귓등을 후리고

성북천 영춘화 눈등을 후리고

해남의 매생잇국 입안을 후리고

동망산 봄바람 얼굴을 후리고

환한 햇살

겨우내 닫혔던 마음을 후린다

                     —「후리다」 전문

   앞에서 인용한 「훔치다」에서 동사의 주체와 대상이 사물, 동식물, 사람으로 골고루 나뉘어 있었다면, 위 시에서 "후리다"라는 동사의 주어는 비인간 존재(사물들과 동식물)이고 그것의 목적어는 오로지 인간-화자(human-narrator)이다. 이 시에서 문명과 자연을 적대적 이분법으로 나누며 인간을 세계의 중심에 놓았던 근대성의 기획은 완전히 전복된다. 인간을 세계의 유일한 주권자로 설정했던 근대성의 기획이 실패로 돌아갔다는 사실을 라투르는 "우리는 결코 근대인이었던 적이 없다"는 말로 대신한다. 위 시에서 인간-화자는 섬진강 매화 향, 서리풀 딱따구리, 성북천 영춘화, 해남의 매생잇국, 동망산 봄바람과 환한 햇살에 완전히 '후림'을 당하면서 자신을 후리는 것들의 속성을 자신의 일부로 만드는 '과정-주체(process-subject)'이다. 이돈권의 포스트휴먼적(posthuman) 성찰에서 혈통적 순수성에 집착하는 사물이

나 생명은 거의 존재하지 않는다. 세계의 모든 사물과 생명들은 이렇게 서로를 훔치고 후리는 행위능력의 소유자로서 광대한 행위자-연결망을 구축한다. 시인에게 모든 주체는 이렇게 서로에 스며들고 섞여서 다성성(polyphony)으로 넘쳐 나는 혼종체이다.

꼭 붙어 있는 것이
사랑인 줄 알았습니다
바람 한 점 들지 못하게
껴안는 것이
그대 위한 일인 줄 알았습니다
숭숭 뚫린 제주 돌담 앞에서
그대 숨 막혀 떠난 이유
이제서야 깨닫습니다
백 년을 버텨 온 현무암 돌담 앞에서
빈틈 없었던 나의 집착이 돌 틈 바람결에
한 올 한 올 풀어집니다
물질하는 해녀들 긴 휘파람 소리
넘나드는 곰보빵 돌담 앞에서
백 년 가는 사랑의 방정식을 찾았습니다
이제부터는
햇살도 넘나들고
별빛도 드나들고
태풍도 지나갈 수 있는

돌담이 되겠습니다
분출된 용암 마그마로 내 가슴에
거무튀튀한 구멍을 내겠습니다
그대 내게 스며들 수 있도록
사랑의 바람길을 내겠습니다
—「제주 돌담 앞에서」전문

이돈권 시인은 빈틈없이 완강한 주체의 개념을 인정하
지도 지향하지도 않는다. 그가 볼 때 완결된 주체란 없다.
그에겐 완결된 사상, 완결된 생각, 혹은 완결된 개념도 존
재하지 않는다. 세계는 끝없이 움직이고 흐르며 모든 것들
을 뒤섞는다. "사랑"이 아무리 위대해도 그것 역시 어떤 고
정된 상태에 존재하지 않는다. "꼭 붙어 있는 것"이 사랑이
아니다. 그 어떤 다른 성분도 들어오지 못하도록 "바람 한
점 들지 못하게/ 껴안는 것"은 사랑이 아니다. 사랑은 자
기 몸에 구멍을 "숭숭" 뚫고 바람과 소리와 숨이 통하게 만
든다. 어찌 사랑만 그렇겠는가. 시인은 가장 아름답고 좋
은 것의 예로 사랑을 들고 있을 뿐이다. 개념도 사상도 "백
년을 버"티려면, "집착"의 층위를 허물고 "돌 틈 바람결"에
길을 내주어야 한다. 일체의 타자성(alterity)을 허락하지 않
는 것이 선이나 진리가 될 수 없다. 시인은 "햇살도 넘나들
고/ 별빛도 드나들고/ 태풍도 지나갈 수 있는" "사랑의 바
람길"을 원한다.

2

이돈권의 시적 공간에서 모든 존재는 접속과 이접의 계열 위에 있다. 이접이 접속을 낳고, 접속이 다른 접속을 만드는 과정에서 존재들은 내부에 죽음과 사랑, 아픔과 희망의 주름을 새긴다.

아침 산길
매미 소리에 힘이 없다

갑자기 까치 한 마리
앞 나무 매미를 덮친다

매에맴
매 에 에 엠
매 ~

뚝

순간 정적이 흐른다
여름이 마지막 숨을 거둔다

언뜻 한 줄기 바람이 일고
도토리 한 알

툭

떨어진다

—「처서를 지나며」 전문

시인은 매미의 죽음이라는 이접적 사건을 종결의 상태로 놔두지 않는다. 매미가 까치의 공격으로 세상과 하직할 때, 그 빈자리는 "한 줄기 바람"과 마주치면서 새로운 접속의 공간이 된다. 그 자리에 마치 매미의 죽음을 애도라도 하듯 "도토리 한 알"이 떨어질 때 의성어 "뚝"은 "툭"으로 바뀌고 세계는 전혀 다른 국면으로 재배치된다. 시인은 이 모든 것을 바라보고 있는 인간의 시선을 애써 지움으로써 비인간 존재들의 행위능력을 전경화한다. 시인에게 일상은 이렇게 서정적 주체의 주관성을 넘어 비인간 존재들의 행위능력으로까지 확대되어 있다.

비 내리는 늦은 밤

창문에 사선으로 근심 들이치는 밤

불쑥 얼굴 하나

방 안으로 들어와

나와 함께 날밤을 새운다

—「가을비」

앞의 시가 비인간의 세계에서 이접이 접속으로 전환되는 풍경을 그리고 있다면, 이 작품은 인간의 세계에서 접속이 유도하는 존재의 재배치를 보여 준다. 이 작품에서 늦은 밤에 내리는 비와 방, 창문 등의 비인간 존재들은 인간 존재들의 접속과 재배치의 배경이자 모티프로 가동된다. 비인간 존재들은 인간 존재들이 접속할 수 있는 잠재성을 최대한으로 숙성하고 강화한다. 비인간 존재들이 전압을 최대한 올리는 순간에 화자는 방 안으로 들어오는 타자의 "얼굴"과 마주친다. 그것은 단순한 타자가 아니라 "방 안으로 들어와// 나와 함께 날밤을 새"우는 타자이다. 그것은 화자에게로 스며 들어가 화자의 전前존재(pre-being)를 재배치하고 재번역함으로써 화자의 일부가 된다.

갓 쪄 낸 찐빵
갓 볶아 낸 커피향
갓 구워 낸 고구마
갓 불어온 산바람
갓 피어난 장미꽃

갓은 따끈하다
갓은 향기롭다

갓은 구수하다
갓은 싱그럽다
갓은 아찔하다

네가 내게 올 때도 그랬다

　　　　　　　　　　—「갓」 전문

　"갓"은 '이제 막'이라는, 현재에 가장 가까운 과거의 시간
을 가리킨다. 그것은 행위를 수식하는 부사이지만, 어떤 상
태의 주인인 명사로 사용되기도 한다. 1연에 열거된 동사들
은 그 짧은 과거에 일어난 행위들을 가리킨다. 첫 3행의 동
사들은 인간이 비인간 존재들에게 가한 행위들을 나타내고
나머지 2행은 비인간 존재가 스스로 한 행위들을 가리킨다.
2연에서 명사 "갓"을 수식하는 모든 형용사는 인간-화자가
"갓"이라는 명사에 대해 갖는 다양한 느낌을 말한다. 그 느
낌들의 공통점은 그것이 생생한 현재로 살아 있다는 것이
다. "갓"은 대상의 과거를 사라지지 않게 악착같이 현재로
끌고 오는 독특한 시간이다. 그것은 죽음의 시간으로 자신
과 대상을 방기하지 않는 시간이며, 모든 주어와 목적어를
생생하게 살아 있는 접속의 행위로 만드는 시간이다. "갓"
은 과거의 낭떠러지에 걸린 채 소멸을 거부하는 영원한 현
재의 시간이다. 말하자면 이돈권 시인에게 일상은 이런 시
간이다. 그는 늘 접속과 이접으로 생생하게 살아 있는 현장
을 포착한다. 그 현장은 영원히 멈추지 않는 흐름이며, 굳

어지지 않는 액체이고, 작용-반작용을 통해 계속 움직이는 자리이다. 위 시에서 이돈권 시인은 "네가 내게 올 때"의 시간을, 즉 한 존재가 다른 존재에게 스며 서로의 일부가 되는 순간을, 영원한 현재에 붙들어 맨다.

3

이돈권 시인이 일상을 늘 접속의 차원에서 대하고 있다는 것은 그의 태도가 에로스 본능 쪽에 훨씬 더 가까이 가 있다는 것을 말해 준다. 그의 촉수는 서로 사랑하는 것들의 에너지가 서로 섞이는 곳에 늘 가 있다. 그러므로 그의 시에서 파괴 본능(죽음 본능)의 어두운 그림자를 발견하기란 힘들다.

> 불볕 복더위 속에서
> 가족끼리 점심을 먹는데
> 막내가 불쑥 질문을 던진다
> 만약 일 년 내내 영하 40도인 곳과
> 영상 40도인 곳 중 한 군데서 살아야 한다면
> 어디서 살겠어요?
> 큰애는 난 더운 거 싫어, 영하 40도
> 난 한참을 생각하다가
> 추운 거 싫어하니까 영상 40도에서 살래
> 그럼, 엄마는?

그러자 아내는 망설임도 없이

영상 40도란다

아이가 왜? 하고 물으니까

아빠가 거기서 사니까

—「거룩한 정답」 부분

위 시는 얼핏 보기에는 가족들끼리의 정담을 가벼이 다루고 있는 것처럼 보이지만, 세계를 대하는 이돈권 시인의 독특한 태도를 보여 준다. "엄마"의 입장은 일체의 "망설임도 없이" 남편인 화자를 향하고 있다. 그것은 '무조건'이라는 단어나 담을 수 있는 절대적 헌신과 사랑의 태도가 아니고 무엇인가. 프로이트는 한 주체의 리비도가 온전히 타자에게로 전이된 상태를 '사랑'이라 정의하였다. "엄마"가 "영상 40도"를 선택한 다른 이유는 없다. 그것은 오로지 자기 남편이 그곳에 있다는 사실 하나 때문이다. 자신의 리비도를 타자에게 온전히 다 넘겨 버린 이러한 태도를 시인은 "거룩한" 것이라 부르고 있다. 본디 '거룩'은 신성神性에서나 유발되는 성스러운 속성이다. 타자(이웃)들을 위해 자기 몸까지 찢는 "신성한 테러"(holy terror, 테리 이글턴T. Eagleton)는 오로지 신의 속성 아닌가. 이돈권은 가족들의 일상에서 그런 '신성'의 흔적을 읽고 있다. "엄마"의 거룩함은 어찌 보면 신성한 테러의 주체인 신과의 마주침에서 생겨난 것일 수도 있다. "엄마"는 그런 신성을 자신의 일부로 끌어들임으로써 자신을 좀 더 거룩한 인간 존재로 재편하고 있다. 시인은 그

것을 "정답"이라고 말함으로써 자기 삶의 지향이 그런 '거룩함'에 있음을 알려 준다.

도다리도 좋고

쑥도 좋은데

벌써 군침 도는데

당신이 끓여 주시겠다니요
—「봄날」 전문

시인에게 있어서 리비도의 전이는 쌍방향으로 이루어진다. 그것은 마치 자석의 양극처럼 서로를 잡아당긴다. 내게로 오는 당신의 리비도 때문에 나의 삶은 좋고 좋은 것을 다 넘어 "봄날"이 된다.

4부의 「베드로의 통곡 소리」「기도문」 같은 시들도 보여 주듯이 그의 시들은 일상에서 신성을 왕복운동하며 그 안의 모든 존재들을 거룩하게 만드는 '사랑'을 향해 있다. 시인은 비인간 존재들을 전유하거나 대상화하지 않으며 그것들의 행위능력을 인정하고 그것들을 신이 만든 광대한 행위자-네트워크의 동등한 행위자로 간주한다. 그렇게 인간 중심의 수직적 위계를 버릴 때 세계는 폭력과 착취의 어두운 그림자에서 벗어나 접속과 스밈으로 이루어진 혼종체들

의 거대한 서식지가 될 것이다. 그는 또한 인간들 사이의
관계도 신이 신성한 테러를 통해 가르쳐 준 '거룩한' 마주침
으로 재배치될 것을 고대한다. 그는 이 모든 변화와 생성의
춤이 파괴(죽음)가 아니라 에로스(사랑)의 박자를 따르기를 기
대한다. 이 시집은 일상을 배경으로 그가 건져 낸 그런 아름
다운 소망들의 기록이다.